L'Ingénu

FichesdeLecture.com

L'Ingénu
(Fiche de lecture)

I. INTRODUCTION

Ce roman de Voltaire (en réalité François Marie Arouet, 1694-1778) est publié pour la première fois en 1767, probablement à Genève chez Cramer. Dès les premiers échos sur cet ouvrage, son libraire déclare qu'il « vaut mieux que Candide en ce qu'il est infiniment plus vraisemblable ». La force de l'ouvrage ne vient pas seulement de cette vraisemblance, mais aussi de la mixité des formes et des thèmes. Il est à la fois conte philosophique, apologue, satire et roman, et vient critiquer les doctrines des jansénistes et des jésuites, ainsi que l'empire de la religion, des conventions sociales et de la hiérarchie qui s'organise autour du pouvoir, entre autres thèmes.

Le titre « L'ingénu » fait référence au personnage principal, un Huron fraîchement arrivé en Bretagne, et que l'on suit dans ses tribulations au sein de la société française de l'époque.

II. RÉSUMÉ DE L'OEUVRE

Chapitre 1

L'Ingénu raconte l'histoire d'un jeune Indien Huron qui débarque en Basse-Bretagne le 15 juillet 1689. Il y est accueilli par l'abbé de Kerkabon accompagné de sa soeur, et devient rapidement un sujet d'intérêt pour la province et la société qui y vit en microcosme.

Chapitre 2

Ce chapitre nous révèle qu'il est le neveu du prieur.

Chapitres 3 et 4

Après bien des péripéties et un enchaînement de scènes cocasses, le Huron finit par être baptisé.

Chapitres 5 et 6

L'Ingénu (le Huron) tombe amoureux de sa marraine, qui n'est autre que Melle de Saint-Yves. Il décide alors de l'épouser malgré l'interdiction religieuse qui régit leurs liens.

Chapitre 7

Après avoir aidé à repousser les Anglais lors d'un assaut qu'ils mènent contre la Bretagne, le Huron part pour Versailles en vue d'y recevoir la récompense de ses services.

Chapitre 8

Sur la route de Versailles, il partage un repas avec des huguenots qui viennent d'être chassés suite à la révocation de l'édit de Nantes.

Chapitre 9

Sa présentation à la Cour ne se passe pas très bien. En effet, lorsque les membres de la Cour constatent ses manières, ils en concluent qu'il doit être un peu fou, en tout cas ne pas être sain d'esprit. Il est ensuite dénoncé par un espion du Père La Chaise le confesseur du Roi. On l'accuse d'être un ami des protestants et il est conduit à la Bastille pour y être enfermé.

Chapitres 10 à 12

Le Huron, à la Bastille, partage sa cellule avec un janséniste, le bonhomme Gordon, au contact duquel il développe son esprit.

Chapitres 13 et 14

Mlle de Saint-Yves se rend à la Cour de Versailles et parle avec un Jésuite, le père Tout-à-tous. Elle obtient comme conseil, pour faire libérer le Huron, de demander sa grâce au ministre Saint-Pouange. Pendant ce temps, Gordon comprend grâce à l'Ingénu qu'il s'est attristé pour des illusions.

Chapitres 15 à 18

Mlle de Saint-Yves obtient de M. de Saint Pouange la promesse qu'elle obtiendra ses faveurs... en échange des siennes. Elle résiste cependant aux propositions de ce dernier. Elle décide donc de consulter le père Tout-à-tous qui lui laisse entendre qu'elle devrait être « utile » à son futur mari le Huron... C'est donc par sentiment de devoir et de vertu qu'elle cède, fait libérer son amour ainsi que le bonhomme Gordon.

Chapitre 19

Mais Melle de Saint-Yves est rongée par la culpabilité et tombe malade, après pourtant que tous aient été réunis et heureux.

Chapitre 20

Mlle de Saint-Yves décède. M. de Saint-Pouange tente alors de se racheter une conduite et de réparer ce qu'il a fait.

L'Ingénu devient officier et Gordon adopte la phrase suivante pour devise : « Malheur est bon à quelque chose ».

III. PRÉSENTATION DES PERSONNAGES

L'Ingénu

Le Huron est un Indien (c'est le nom d'une tribu) qui arrive un jour en Bretagne au niveau de la ville de Saint-Malo. Il y rencontre les Kerkabon, et découvre rapidement que l'abbé de Kerkabon est en fait son oncle.

L'Ingénu, malgré le pseudonyme qui le désigne et qui a donné son titre au roman, a en fait de nombreuses qualités et fait preuve d'un grand charisme. Son amour avec Melle de Saint-Yves est condamné d'avance, car les règles sociales et religieuses l'interdisent. D'ailleurs, cette dernière en mourra...

Il incarne en fait les idées du mythe du bon sauvage, à savoir d'un grand sens de l'esprit, de gentillesse et d'innocence de certaines populations considérées comme primitives, et ce malgré un manque d'éducation. C'est Gordon, en cellule, qui comblera ce manque de connaissances.

Il est le pivot central du conte philosophique, car son rôle est d'observer sans préjugés et lui-même annonce qu'il « dit et fait tout ce qu'il pense », à l'image d'un enfant. Il est donc vecteur d'une vérité qui vient mettre en lumière les réalités d'une société et d'une époque.

Les Kerkabon

L'abbé et sa soeur accueillent le Huron dès son arrivée en Bretagne. L'homme a un grand sens de la générosité et est apprécié de son entourage ; sa soeur, elle, est très croyante mais apprécie les plaisirs offerts par l'existence. Tous deux sont instantanément séduits par le charisme de l'Huron, malgré son manque flagrant de connaissances. Ce lien est ensuite renforcé par la découverte de leur lien familial : l'ingénu est en fait le neveu de l'abbé.

Cependant, malgré leur gentillesse, Voltaire utilise les Kerkabon pour ridiculiser l'Église et construire sa satire dès l'Incipit du roman (ouverture).

Gordon

C'est ce personnage, rencontré à la Bastille, qui vient construire l'éducation du Huron. C'est un janséniste qui lui transmet ses leçons et sa philosophie, souvent réfutés par le Huron par ailleurs. Leurs discussions sont en fait à double sens, car parfois l'Indien parvient à lui faire remettre en question ses convictions initiales.

Mademoiselle de Saint-Yves

Après avoir été désignée marraine du Huron, la soeur de l'abbé de Saint-Yves tombe amoureuse de l'Indien. Convaincue qu'elle pourra le faire libérer, elle accepte de coucher avec le responsable pour faire sortir son amant de la Bastille. Mais elle décède de culpabilité après être tombée gravement malade.

Le Père Tout-à-tous

C'est le nom de ce personnage qui est le plus intéressant à étudier. On peut y voir une référence à Toutatis (nom gaulois signifiant « père de la tribu »), à une devise jésuite (« s'oublier complètement pour être tout à tous ») ou bien encore à une épître de Saint-Paul : « Je me suis fait tout à tous pour les sauver tous ».

Quelle que soit la signification choisie, elle est ironique et ne s'applique pas du tout à la personnalité du Père Tout-à-tous, qui n'est pas aussi dévoué aux autres que son nom semblerait l'indiquer.

Le bailli

Il incarne la responsabilité de la justice royale en province. Malheureusement pour tous, c'est en fait un idiot qui sert à Voltaire de support pour mieux critiquer la monarchie.

IV. AXES D'ANALYSE

Un roman de formation

L'Ingénu n'est pas qu'un conte philosophique véhiculant les idées de Voltaire. Il s'agit également d'un roman d'apprentissage. En effet, nous y suivons le Huron et ses tribulations en France, qui le font évoluer du « bon sauvage » intelligent mais peu cultivé à un homme sage, raisonnable et en mesure de faire évoluer les opinions d'hommes tels que le janséniste Gordon.

Certes, cet itinéraire n'est pas de tout repos : les aventures sont parfois picaresques, bouffonnes, parfois grivoises, dramatiques à d'autres moments.

Une critique aux cibles multiples

Malgré tout, derrière les aventures divertissantes, Voltaire attaque violemment de nombreux aspects de la société dans laquelle il évolue. On peut relever plusieurs critiques :

- Un pamphlet contre les jésuites, leur laxisme moral et leur caractère assoiffé de pouvoir. Voltaire en profite pour dénoncer le fait qu'ils assoient leur influence grâce au système du confessionnal et aux espions qui travaillent pour eux. (d'où le passage sur la dénonciation du Huron). En effet, l'auteur est particulièrement choqué par leur exercice de la casuistique, qu'ils opèrent de manière pernicieuse. Dans cette perspective, Voltaire s'en prend violemment à l'influence des jésuites sur Louis XIV, à travers notamment le personnage du père de la Chaise, son confesseur. Il apparaît alors comme le responsable de la persécution des protestants, mais aussi de l'emprisonnement de l'Ingénu en prison.
- Une critique contre les abus et la perplexité du pouvoir en place. À cet égard, le chapitre à la Cour versaillaise est un bon exemple de cette attaque politique. Lettres de cachet, vie d'oisiveté et de débauche, dénonciations, hypocrisie, intrigues et place prépondérante du clergé, rien n'échappe à la virulence de l'écrivain. Le Chapitre IX montre à quel point la Cour versaillaise fonctionne de manière absurde et inaccessible, car elle est totalement soumise à la hiérarchie en place. Les intermédiaires se succèdent, s'empilent, au point de devoir passer par des dizaines de personnes avant de pouvoir s'adresser au destinataire souhaité initialement.

Au sein de la Cour règnent également la corruption et une logique forte de règlements de comptes :

- Une critique contre l'égocentrisme de ses contemporains français, à travers des expressions telles que :" sans l'aventure de la tour de Babel, toute la terre aurait parlé français", et plus loin : « L'Abbé de Saint-Yves supposait qu'un homme qui n'était pas né en France n'avait pas le sens commun ».
- Une critique des abus sociaux. Il en va ainsi du cercle des intellectuels et de certains critiques, « hommes incapables de rien produire dénigrent les productions des autres » (ce qui n'est pas sans rappeler des critiques actuelles...)

- Il mêle parfois critiques de la religion et des abus sociaux, par exemple à travers le phénomène de mise au couvent des filles qui oseraient se rebeller.
- De façon plus large, c'est l'ensemble d'un système religieux monopolistique et qui terrorise les esprits et la société qui est dénoncé. Dans cette perspective, la révocation de l'Edit de Nantes apparaît comme une monumentale erreur. Et « linostoles » et « pastophores » ne font rien pour changer la situation, voire même l'entretiennent...
- D'un point de vue historique, le roman prend place en plein coeur de la répression des protestants et de leur persécution par le pouvoir. Cela permet à Voltaire de plaider en faveur de la liberté de culte, mais aussi de placer quelques éléments de caricature hagiographique.

L'influence du mythe du « bon sauvage »

Le Huron, comme dans nombre d'autres romans ou contes philosophiques des auteurs des Lumières, sert à observer notre monde d'un point de vue plus objectif, car moins biaisé et extérieur.

Le personnage de l'Indien échappe peu aux éléments du mythe du « bon sauvage », très en vogue à l'époque. Il s'agit de l'idée que les sociétés primitives manquent peut-être d'éducation, mais que leurs membres sont bons, innocents, non pervertis, et qu'ils ne connaissent ni hypocrisie ni préjugés, vivant selon les lois de la nature et du bon sens.

Cela semble être le cas ici. L'Ingénu (qui ne le restera d'ailleurs pas tout au long du roman, notamment après avoir rencontré Gordon), permet à Voltaire de défendre l'idée d'une vie plus naturelle et de la lutte contre les artifices de la civilisation et les règles absurdes et contre-naturelles de la religion et du pouvoir. C'est pour cela que le Huron apparaît comme une toile vierge, un esprit presque enfantin capable de voir et d'exprimer les choses telles qu'elles sont, en toute franchise et en toute innocence.

Cette utilisation d'un « bon sauvage » permet à l'auteur de dénoncer le fait que l'accession au bonheur est empêchée par la société et ses conventions ; la religion n'hésite pas à faire acte d'ingérence dans la vie des individus. De même, la liberté de pensée, de s'exprimer, la liberté de conscience sont entravées, voire totalement étouffées (notamment dans le cas des femmes). Amours interdits ou au contraire mariages forcés viennent compléter ce tableau. Pour le Huron, cela passera par l'interdiction sociale de son amour pour Mlle de Saint-Yves, mais aussi par un baptême plutôt malvenu dans le contexte.

L'idée majeure des Lumières en général, et ici de Voltaire en particulier, est que seul l'usage de la raison devrait prévaloir, et qu'a priori celle-ci nous pousserait vers un comportement plus « naturel » que soumis à des conventions sociales artificielles.

Cependant, ce conte philosophique s'assimile plus à un « puzzle » qu'à un schéma type de défense d'une thèse par la fiction. En effet, *L'Ingénu* se passe d'une thèse unique pour venir nous offrir un ensemble de points de vue et d'idées à travers des tribulations, des tableaux, des dialogues bien sentis ou des dénonciations plus ou moins violentes.

Dans la même collection en numérique

Escadrille 80

Inconnu à cette adresse

La controverse de Valladolid

Les Vilains petits canards

Une partie de campagne

Cahier d'un retour au pays natal

Dora Bruder

L'Enfant et la rivière

Moderato Cantabile

Alice au pays des merveilles

Le faucon déniché

Une vie

Chronique des Indiens Guayaki

Je voudrais que quelqu'un m'attende quelque part

La nuit de Valognes

Œdipe

Disparition Programmée

Education européenne

L'auberge rouge

L'Illiade

Le voyage de Monsieur Perrichon

Lucrèce Borgia

Paul et Virginie

Ursule Mirouët

Discours sur les fondements de l'inégalité

L'adversaire

La petite Fadette

La prochaine fois

Le blé en herbe

Le Mystère de la Chambre Jaune

Les Hauts des Hurlevent

Les perses

Mondo et autres histoires

Vingt mille lieues sous les mers

99 francs

Arria Marcella

Chante Luna

Emile, ou de l'éducation
Histoires extraordinaires
L'homme invisible
La bibliothécaire
La cicatrice
La croix des pauvres
La fille du capitaine
Le Crime de l'Orient-Express
Le Faucon malté
Le hussard sur le toit
Le Livre dont vous êtes la victime
Les cinq écus de Bretagne
No pasarán, le jeu
Quand j'avais cinq ans je m'ai tué
Si tu veux être mon amie
Tristan et Iseult
Une bouteille dans la mer de Gaza
Cent ans de solitude
Contes à l'envers
Contes et nouvelles en vers
Dalva
Jean de Florette
L'homme qui voulait être heureux
L'île mystérieuse
La Dame aux camélias
La petite sirène
La planète des singes
La Religieuse
1984 A l'Ouest rien de nouveau
Aliocha
Andromaque
Au bonheur des dames
Bel ami
Bérénice
Caligula
Cannibale
Carmen

Chronique d'une mort annoncée
Contes des frères Grimm
Cyrano de Bergerac
Des souris et des hommes
Deux ans de vacances
Dom Juan
Electre
En attendant Godot
Enfance
Eugénie Grandet
Fahrenheit 451
Fin de partie
Frankenstein
Gargantua
Germinal
Hamlet
Horace
Huis Clos
Jacques le fataliste
Jane Eyre
Knock
L'homme qui rit
La Bête humaine
La Cantatrice Chauve
La chartreuse de Parme
La cousine Bette
La Curée
La Farce de Maitre Pathelin
La ferme des animaux
La guerre de Troie n'aura pas lieu
La leçon
La Machine Infernale
La métamorphose
La mort du roi Tsongor
La nuit des temps
La nuit du renard
La Parure

La peau de chagrin

La Petite Fille de Monsieur Linh

La Photo qui tue

La Plage d'Ostende

La princesse de Clèves

La promesse de l'aube

La Vénus d'Ille

La vie devant soi

L'alchimiste

L'Amant

L'Ami retrouvé

L'appel de la forêt

L'assassin habite au 21

L'assommoir

L'attentat

L'attrape-coeurs

Le Bal

Le Barbier de Séville

Le Bourgeois Gentilhomme

Le Capitaine Fracasse

Le chat noir

Le chien des Baskerville

Le Cid

Le Colonel Chabert

Le Comte de Monte-Cristo

Le dernier jour d'un condamné

Le diable au corps

Le Grand Meaulnes

Le Grand Troupeau

Le Horla

Le jeu de l'amour et du hasard

Le Joueur d'échecs

Le Lion

Le liseur

Le malade imaginaire

Le Mariage de Figaro

Le meilleur des mondes

Le Monde comme il va

Le Parfum

Le Passeur

Le Petit Prince

Le pianiste

Le Prince

Le Roman de la momie

Le Roman de Renart

Le Rouge et le Noir

Le Soleil des Scortas

Le Tartuffe

Le vieux qui lisait des romans d'amour

L'Ecole des Femmes

L'Ecume Des Jours

Les Bonnes

Les Caprices de Marianne

Les cerfs-volants de Kaboul

Les contes de la Bécasse

Les dix petits nègres

Les femmes savantes

Les fourberies de Scapin

Les Justes

Les Lettres Persanes

Les liaisons dangereuses

Les Métamorphoses

Les Mouches

Les Trois mousquetaires

L'étrange cas du Dr Jekyll et de Mr Hyde

L'Ile Au Trésor

L'île des esclaves

L'illusion comique

L'Ingénu

L'Odyssée

L'Ombre du vent

Lorenzaccio

Madame Bovary

Manon Lescaut

Micromégas

Mon ami Frédéric

Mon bel oranger

Nana

Ne tirez pas sur l'oiseau moqueur

Notre-Dame de Paris

Oliver twist

On ne badine pas avec l'amour

Oscar et la dame rose

Pantagruel

Le Misanthrope

Perceval ou le conte du Graal

Phèdre

Ravage

Roméo et Juliette

Ruy Blas

Sa Majesté des Mouches

Si c'est un homme

Stupeur et tremblements

Supplément au voyage de Bougainville

Tanguy

Thérèse Desqueyroux

Thérèse Raquin

Ubu Roi

Un Barrage contre le Pacifique

Un long dimanche de fiançailles

Un secret

Vendredi ou la vie sauvage

Vipère au poing

Voyage au bout de la nuit

Voyage au centre de la terre

Yvain ou le Chevalier au lion

Zadig

À propos de la collection

La série FichesdeLecture.com offre des contenus éducatifs aux étudiants et aux professeurs tels que : des résumés, des analyses littéraires, des questionnaires et des commentaires sur la littérature moderne et classique. Nos documents sont prévus comme des compléments à la lecture des oeuvres originales et aide les étudiants à comprendre la littérature.

Fondé en 2001, notre site FichesdeLectures.com s'est développé très rapidement et propose désormais plus de 2500 documents directement téléchargeables en ligne, devenant ainsi le premier site d'analyses littéraires en ligne de langue française.

FichesdeLecture est partenaire du Ministère de l'Education du Luxembourg depuis 2009.

Plus d'informations sur www.fichesdelecture.com

ISBN: 978-2-511-02815-5

Notes :